I0684231

www.ingramcontent.com/pod-product-compliance
Lightning Source LLC
Chambersburg PA
CBHW021936170626
46807CB00007B/3139
9781777186760

انتشارات انار

و چنین گفت راحله سلطان

بنفشه حجازی

۱از طنازی‌های ایران - ۱۱

گفتمش زلف تو دارد دل من از سر طنز
گفت کین بی‌سر و پا بین که چه سودا دارد

و چنین گفت راحله سلطان
از طنازی‌های ایران - ۱
نویسنده: بنفشه حجازی
دبیر بخش «از طنازی‌های ایران»: بنفشه حجازی
ویراستار: بنفشه حجازی
مدیر هنری و طراح گرافیک: عبدالرضا طبیبیان
چاپ اول انتشارات انار: پاییز ۱۳۹۹، مونترال، کانادا
شابک: ۰-۶-۷۷۷۱۸۶۷-۱-۹۷۸
مشخصات ظاهری کتاب: ۷۸ برگ
قیمت: ۷٫۵ £ - ۸٫۵ € - ۱۳ CAD $ - ۱۰ US $
نشانی: 746A, Plymouth Av., Montreal, QC, Canada
کدپستی: H4P 1B1
ایمیل: pomegranatepublication@gmail.com
اینستاگرام: pomegranatepublication

|انتشارات انار|

| پیشکش به پدرم |

فهرست

پیشگفتار ناشر

دومین چاپ این اثر پس از انتشارش در سال ۱۳۹۲ در تهران توسط نشر نصیرا، در دستان شماست.

چنین گفت راحله سلطان، شامل داستان‌هایی‌ست از زندگی و افکار زنی میانسال و به ظاهر سنتی که در گفت‌وگو با مخاطبینش که او را دست کم می‌گیرند، باکمال سادگی و با منطق خود آنها را مجاب یا میخکوب می‌کند.

قلم قصه‌گوی بنفشه حجازی به خوبی از پس نقل خشونت علیه زنان در خانه و اجتماع، بیان نقایص اجتماعی، فرهنگی، و آرزوها و سختی‌های زنان ایرانی برآمده است.

امید است این چاپ که علاوه بر ویرایش جدید، داستان افزوده نیز دارد مورد توجه شما خواننده محترم قرار گیرد.

با مهر
انتشارات انار

راحله سلطان از فرنگ برگشت

پوزش و اعتذار-۱

مردم عزیز مملکتم بدین وسیله از این که خسته از زن بودن از ایران گریخته و به مدت سه ماه در فرنگستان به سر بردم، پوزش می‌طلبم چراکه در آن‌جا هیچ‌کس محل به زن بودن آدم نمی‌گذارد و من از این که انسان بی‌جنسیتی شده بودم دچار بهت شده و مات مانده بودم...

حال که یک هفته است به وطن برگشته‌ام از بس مورد توجه هستم حیرت زده شده‌ام. راننده‌ها از توی آینه نگاهم می‌کنند؛ موقع گرفتن پول دستم را لمس می‌کنند؛ پیاده که می‌شوم رد چشمان‌شان روپوشم را رنگی می‌کند؛ در صف اتوبوس هم ماشین‌های عبوری تعارف می‌کنند. اگر

سرویس محل کارم کمی دیر کند چند تایی حتما می‌خواهند قصور راننده دولتی را جبران کنند.

راحله سلطان از فرنگ برگشته

پوزش و اعتذار- ۲

مردم عزیز مملکتم بدین وسیله از این که خسته از ترافیک شهر تهران از ایران گریخته و به مدت سه ماه در فرنگستان به سر بردم پوزش می‌طلبم چرا که در آن جا نزدیک بود شهامت و شجاعت خود را از دست داده و به انسانی ترسو بدل شوم. به محض نشستن در اتومبیل - چه در جلو و چه در عقب - مجبور بودم کمربند ایمنی ببندم. گویا حضرات فکر می‌کردند من هم چهار کمربنده به زندگی چسبیده‌ام.

حال که یک هفته است به وطن برگشته‌ام از تمامی رانندگان عزیز مسافرکش، تاکسی و مینی‌بوس که به من تهور انسانی‌ام را بازگردانیده‌اند، تشکر می‌کنم. اگرچه در تگزاس یک دانه اسب هم ندیدم ولی در تهران دائما از روی گرده ماهی‌ها که می‌پرم (پرانده می‌شوم) یاد گرده‌ی اسب‌های فیلم‌های کابویی می‌افتم.

خدا عمرشان بدهد که عضلات و اعصابم را آماده پرش و به اندازه‌ی یک آکروبات‌باز حرفه‌ای دچار حفظ تعادل کرده‌اند.

راحله سلطان از فرنگ برگشته

پوزش و اعتذار- ۳

مردم عزیز مملکتم، بدین وسیله از این که خسته از صف‌های طویل از تهران گریخته و به مدت سه ماه در فرنگستان به سر بردم، پوزش می‌طلبم. خدا می‌داند که در صف‌های آن‌جا چقدر حوصله آدم سر می‌رفت. صف‌هایی که به خاطر فاصله گرفتن آدم‌ها از یکدیگر طویل شده بود. هیچ‌کس نوبت

کسی را نمی‌گرفت و هول هم نمی‌زد و زرنگی نمی‌کرد. همه آرام و صبور مثل بره ایستاده بودند و این حالت انتظار چند دقیقه‌ای را به ملالتی ساعتی تبدیل می‌کرد و باعث می‌شد که زودکارمان تمام شود و به خانه برگردیم و باز هم هی حوصله‌مان سر برود.

به راستی که آن‌جا اصلا مردم زرنگ و باهوشی ندارد و نمی‌دانم با این همه بی‌دست و پایی که این مردم فرنگستان دارند چرا جزو جهان سوم نیستند. خداشانس بدهد.

حال که یک هفته است به وطن برگشته‌ام هر روز در صف‌ها کلی تفریح می‌کنم. شاهد دعوا و بزن بزن هستم. بعضی‌ها به آدم می‌چسبند که تنها نباشی و احساس تنهایی هم نکنی. نفس هم ولایتی‌ها پشت گوش آدم را گرم می‌کند و دل آدم به همین چیزها خوش می‌شود که بنی‌آدم اعضای یک پیکرند. این خارجی‌ها که سعدی ندارند چه می‌دانند از این پیوستگی و وحدت ما.

راحله سلطان از فرنگ برگشته

پوزش و اعتذار-۴

مردم عزیز مملکتم بدین وسیله از این‌که خفه از دوده‌های شهر تهران از ایران گریخته و به مدت سه ماه در فرنگستان به سر بردم، پوزش می‌طلبم. خدا می‌داند که نزدیک بود از زیادی اکسیژن کشته شوم. هر روز و از هر زاویه ۱۸۰درجه آسمان آبی می‌دیدم که مرا دچار سرگیجه می‌کرد و شفافیت آسمانشان چشمانم را می‌آزرد. این مردم توریست کُش به طور مرتب مواظب اتومبیل‌هایشان هستند و از بس ندید بدید هستند آنها را مرتب می‌شویند و معاینه می‌برند و از این طریق، اکسیژن است که تولید می‌کنند و رعایت شش‌های معتاد ما را نکرده ما را دائما دچار خمیازه می‌کردند.

حال که یک هفته است به ایران برگشته‌ام کیفور هستم. حتا از لای

صندلی‌های مسافرکش‌ها دود تو می‌زند و این باعث می‌شود که از بوی عرق تن همشهریان عزیزی که مسافرکش را ماشین پدرشان می‌دانند خفه نشوم. مثل غرب‌زده‌ها زیاد دنبال آسمان آبی نباشید.

راحله سلطان از فرنگ برگشته

پوزش و اعتذار-۵

مردم عزیز مملکتم بدین وسیله از این که دلزده از پول‌های کثیف و پاره و آلوده از ایران گریخته و به مدت سه ماه در فرنگستان به سر بردم، پوزش می‌طلبم. آن‌جا آنقدر کنس و گدا هستند که در کیف کمتر کسی اسکناس پیدا می‌شود و آنها هم که دارند آن را صاف و صوف و اتوکرده نگه می‌دارند مثل این که عیدی عید نوروز باشد. برای این که مبادا پول‌هایشان خش بردارد حتا برای خرید یک هندوانه چک امضا می‌کنند و بانک‌ها برای هرکس که حساب دارد یک دسته‌ی شاید هزارتایی چک به در منزل می‌فرستند.

حال که یک هفته است به وطن برگشته‌ام و برای خرید یک ماکروفر قسطی مجبور شدم دسته چک کارمندی جدید بگیرم آنقدر مرا سر دواندند و امروز برو فردا بیا کردند که من باز به اهمیت اسکناس پی برده و از اسراف فرنگی‌ها آگاه شدم.

راحله سلطان از فرنگ برگشته

پوزش و اعتذار-٦

مردم عزیز مملکتم بدین وسیله از این که عصبانی از ارباب رجوع بودن از ایران گریخته و به مدت سه ماه در فرنگستان به سر بردم، پوزش می‌طلبم. خدا می‌داند که زندگی در آن‌جا چقدر ملال‌انگیز و بی‌هیجان است. آن‌جا کارمندانی دارد که اصلا از ارباب رجوع خوششان نمی‌آید و به این خاطر است که دوست ندارند آنها را جلوی میزشان دست به سینه ببینند.

مراجعه‌کننده وارد بانک که می‌شود در برگه‌ای باید بنویسد که کیست و چکار دارد و بعد روی مبل بنشیند و از هوای خنک سالن‌های آرام و بزرگشان یخ بزند. دقایقی بعد کارمند می‌آید و آن برگه را می‌خواند و از ارباب‌رجوع دعوت می‌کند که به اتاقش برود. لبخندی می‌زند و می‌پرسد چه کار دارید؟ عجب مردم کلکی هستند. تمامشان باید لبخند بزنند و چون چشم دیدن آدم را ندارند تند و زود کار آدم را راه می‌اندازند و تا دَم در همراه ما می‌آیند نکند یک دقیقه بیشتر بخواهیم از تمیزی آن جا لذت ببریم.

حال که یک هفته است به وطن برگشته از شدت علاقه کارمندان ایرانی به خودم دچار خوشحالی هستم. برای وصل مجدد تلفنم به طریق قسطی تعداد زیادی کارمند ابراز علاقه کردند که مرا ببینند و به دوستانشان هم نشان بدهند و من از شدت خوشحالی در پوست نگنجیده، منفجر شدم.

راحله سلطان از فرنگ برگشته

پوزش و اعتذار-۷

مردم عزیز مملکتم بدین وسیله از این که عصبانی از کاسب‌های ایرانی از وطن گریخته و به مدت سه ماه در فرنگستان به سر بردم، پوزش می‌طلبم. خدا می‌داند که این فرنگی‌ها چقدر انسان‌های آب زیرکاهی هستند طوری که آدم چاره‌ای ندارد جز این که فکر کند حقه‌باز هستند. طوری کیفیت کالاهایشان یکسان است که آدم نمی‌داند کجاست. چیچی دونالد کالیفرنیا با تگزاس و حتا ایتالیا یکسان است.

از فلان فروشگاه در یک شهر خرید می‌کنی ولی می‌توانی به شعبه‌ی همان فروشگاه در شهر دیگر پس بدهی و پولت را بگیری. این‌ها چون از جنسشان مطمئن نیستند برای اینکه صدای آدم در نیاید این کار را می‌کنند. در واقع این‌ها آدم را لوس می‌کنند وگرنه چرا هر چقدر جنس‌هایشان را زیر و رو می‌کنیم و به زمین می‌ریزیم و هی سوال می‌کنیم عصبانی نمی‌شوند و لبخند می‌زنند؟

اگر درکارشان حقه‌ای نیست این شعار «حق با مشتری است» چه معنایی دارد؟

حال که یک هفته است به وطن برگشته‌ام و می‌بینم که کاسب‌های وطنم آنقدر ازکارشان مطمئن هستند که مشتری را تحویل نمی‌گیرند، معنای از خود راضی بودن را می‌فهمم چراکه اگر انسان خودش را حلق‌آویز هم بکند نمی‌پذیرند که جنسی که خریده‌ای مال آنهاست. کاسب‌های وطن به انسان معنای ثبات رای، حواس جمع، وسواس درخرید و شک پویا را می‌آموزند و کاری می‌کنند که آدم مثل یک کارآگاه ماهر خرید کند و احساس لوس بودن و محق بودن نکند.

راحله سلطان از فرنگ برگشته

پوزش و اعتذار-۸

مردم عزیز مملکتم بدین وسیله ازاین‌که قدرآزادی در وطن را ندانسته از ایران گریخته و به مدت سه ماه درفرنگستان به سر بردم، پوزش می‌خواهم. خدا می‌داند که چقدر احساس اسیر بودن می‌کردم و در زحمت بودم. این فرنگی‌ها انسان‌هایی گدا هستند. اگر تمام خیابان‌هایشان را بگردی یک تکه آشغال پیدا نمی‌کنی. گُله به‌گُله در جاده و بَرو بیابان سطل گذاشته‌اند و تو مجبوری یک دانه کبریت سوخته‌ات را هم درآن جا بیندازی.

چقدر به انسان زحمت می‌دهند. درهوای چهل و چند درجه باید به حیاط و بالکن و محوطه بروی تا بتوانی یک دانه سیگار ناقابل دود کنی. اگر کمی به صدایت تحریر بدهی پلیس خبر می‌کنند. نمی‌توانی دو ثانیه سد معبرکنی. جرات نداری بچه‌ات را بزنی، همه عارض آدم می‌شوند.

صبح به صبح باید مجیز بچه‌ی نیم وجبی‌ات را بگویی مبادا در مدرسه حرفی بزند و سر و کارت با پلیس بیفتد.

تحت عنوان حقوق شهروندان تا بجنبی دادگاهی‌ات می‌کنند. از مقررات راهنمایی و رانندگی‌شان حرفی نمی‌زنم که همه مثل یک مهمانی

شب به هم تعارف می‌کنند. اَه....

حال که یک هفته است به وطن برگشته‌ام مثل یک انسان آزاد هر جا که دلم خواست هی سیگار می‌کشم، با ماشین دهنه‌ی درورودی می‌ایستم و با همکارانم گپ می‌زنم. اسکناس‌هایم را مچاله می‌کنم. بچه‌ام را می‌زنم. هِی ویراژ می‌دهم. از پنجره‌ی اتومبیلم یک پاکت پوست تخمه و پرتقال توی خیابان می‌ریزم و کسی نیست بگوید بالای چشمت ابروست. آخیششششش!!!

راحله سلطان از فرنگ برگشته

(چاپ در روزنامه انتخاب - شنبه ۵ آذر ۱۳۷۹)

راحله سلطان در بیمارستان

خواهش می‌کنم سکته نکنید! خواهش می‌کنم!

حتما تعجب می‌کنید که کسی این چنین خواهشی از شما می‌کند، چرا که سکته کردن دل بخواهی و هرکه هرکه نیست.

نه! قصد ندارم، بگویم زندگی را راحت بگیرید، جوش نزنید، سیگار نکشید، چربی نخورید، از زندگی ماشینی بگریزید و غیره و...

اما، اگرخواستید سکته کنید در بروجرد سکته نکنید چون به هر صورت سر از تنها بیمارستان شهر که سی‌سی‌یو دارد، در می‌آورید. نه این که پزشک ندارد که بهترین‌ها را دارد؛ تیم پرستاری ندارد که بهترین پرستارها

را دارد؛ دارو ندارد که دارد؛ تخت ندارد و...

پس مسئله چیست؟ جواب یک جمله است، چون گرفتار بدوقتی می‌شوید.

بدوقتی یعنی چه؟ توضیح می‌دهم. عجالتا چند ماه دیگر سکته کنید تا ساختمان بنای سی‌سی‌یوی بیمارستان شریعتی به اتمام برسد.

(بیماران تهرانی هم تا پایان تعمیرات بیمارستان دِی و رفع بوی گند و افزایش آسانسور و درست شدن اِرت اتاق عمل آن سکته و عمل جراحی نکنند!)

خوش به حال کسانی که مثلا در عید نوروز سکته می‌کنند چراکه تا آن موقع دیگر شاید کامیون سنگینی برای آوردن آجر و سیمان و تیرچه بلوک، وقت و بی‌وقت وارد بیمارستان نمی‌شود و برای رسیدن به بنای در حال احداث، پشت ساختمان فعلی سی‌سی‌یو توقف نمی‌کند تا مجبور شود ساعتی در جا روشن باشد و لوله اگزوزش را از طریق کولرهای بیمارستان به داخل بفرستد. مبادا از راننده‌ها انتظار داشته باشید که برای خالی کردن بار، نقشه بیمارستان را حفظ باشند و پشت پنجره‌های سی‌سی‌یو نایستند، بنده‌های خدا ساعت ۱۱ شب است و باید به منزل و خوابشان برسند. پس اگر عصبانی شدند و داد زدند تا برای خالی کردن بار به فریادشان برسند، کسی نباید معترض شود. حتما هم فکر نمی‌کنید که کارگرها در تاریکی شب باید به علامت سکوت توجه کنند چون از آن تصویر شگفت‌انگیز در این بیمارستان خبری نیست. شاید به این علت است که همه در این بیمارستان هوار می‌زنند. از ایستگاه پرستاری همراه فلان مریض را می‌خواهند که بیاید و به تلفن جواب دهد. توقع بی‌جایی است که بخواهید روزی چندین مرتبه، ده متر راه بروند و خانم یا آقایی را صدا کنند. و صد البته در بیمارستان دِی که اتاق‌ها تلفن مستقیم دارند کارکنان محترم همدیگر را داد می‌زنند، بیمارستان یک شهر کوچک که جای خود دارد.

واقعا از ته دل خواهش می‌کنم سکته نکنید یعنی در بروجرد سکته نکنید. حداقل سکته‌های خفیف بکنید که بیشتر از دو سه روز طول مدت بستری شدن ندارد چون به هر حال مجبور به روبرو شدن با چهره‌های متفاوت و خلق و خوهای متفاوت و سطح فرهنگ متفاوت خدمتکارانی می‌شوید که خدای سی‌سی‌یو -نعوذبالله- هستند و شاید -استغفرالله- خدای بیمارستان. ولی تخصص نگارنده در حد سی‌سی‌یوست و از سایر قسمت‌ها بی‌خبر، مگر باور داشته باشید که سی‌سی‌یو یا آی‌سی‌یو مهم‌ترین بخش یک بیمارستان هستند. البته می‌پذیرید که اگر مهم‌ترین نباشند، قشنگ‌ترین هستند با آن درهای شیشه‌ای و مارک سی‌سی‌یو و آی‌سی‌یو.

برگردم سر خواهش اولم که لطفا تا بازنشستگی بعضی از خدمه سکته نکنید!

چه بکنند این بندگان خدا که دیگر نه تحمل دارند و نه حوصله؟ عمری را به کار بیمارستان گذرانده‌اند آن هم در موقعیتی که فقط به مریض و همراه او می‌توانسته‌اند فرمانروایی کنند چراکه لباسشان سورمه‌ای و سفید نیست و طوسی یا قهوه‌ای و بعضی زرد شکری است. بنده از نام رسمی آنها بی‌اطلاعم ولی به راستی که به روپوش سفیدها و سورمه‌ای‌ها و حتی مقنعه مشکی‌ها هم فرمانروایی می‌کنند، در اینجا که این طوری است از شهرهای دیگر بی‌خبرم. آن قدر غرغرو هستند که فقط ادب ایرانی - بروجردی پرستاران است که این مادران ازکارافتاده را که به ریش دولت و سیستم درمانی بسته‌اند و یکی دو سال دیگر هم می‌روند، تحمل می‌کنند. پس برشماست که در بروجرد سکته نکنید!

البته نمی‌دانم اگر با تاخیر سکته کنید یا در تابستان سال آینده سکته کنید آیا توهم سرپرستار بودن، مترون بودن و در نوع پیشرفته آن رئیس بیمارستان بودن و حتی نگهبان در ورودی بودن این بانوان را می‌توان درمان کرد یا نه؟

ولی حتما نمی‌دانم پس از بازنشستگی این عده در سال‌های آینده وضعیت غوره و آبغوره به کجا می‌کشد چون به هر حال بروجرد انگورخیز است و پرسنل کشیک شب سی‌سی‌یوکه به اندازه کافی در طول روز راجع به زندگی و شیرینی آن حرف زده‌اند، چاره‌ای ندارند جز این که با آب و تاب راجع به میزان آبغوره‌ای که تهیه کرده‌اند برای هم صحبت کنند و آدرس غوره فروش خود را به اطلاع هم برسانند.

اگر خواستید در بروجرد سکته کنید مشکل خودتان است بخصوص اگر با یکی دو قرص خواب‌آور کله‌پا نمی‌شوید چون شریک تمام غم و غصه‌های شیفت شب خواهید شد. و اگر مصائب زندگی خودتان، شما را از پای در نیاورده است حتما مسائل پرسنل شب شما را خواهد کشت. انتظار نداشته باشید که این ساعات طولانی را فقط بنشینند و به مونیتور قلب لکنتی شما زل بزنند. تخمه نشکنند و راجع به کادوهای روز پرستارکه نگرفته‌اند و اضافه کاری‌ای که داده نمی‌شود و برنامه شیفتی و آف گرفتن و صدها مسئله اداری با هم درد و دل نکنند، گور پدر درک که سر شما قدر یک بالن باد می‌کند، می‌خواستید در بروجرد سکته نکنید!

نمی‌خواهید؟ دعاکنید سال آینده سکته کنید تا دولت نه تنها به پرستاران ۵۰۰۰ تومان که به سایرین هم همین قدر بدهد وگرنه طوسی پوش‌ها دقِ دل پرستار به حساب نیامدنشان را سر بیماران سکته‌ای درمی‌آورند. داد و هوار و نیاوردن لگن و تعویض نکردن ملافه و کبود شدن دست و بال در موقع لباس در آوردن از تن مریض‌ها. جرأت شاشیدن ندارید حتی اگر خوشان دیر لگن بیاورند و... و...گل روی بعضی‌ها از این مبحث در می‌گذرم!!

پس لطفا در بروجرد سکته نکنید مگر این که همراه نخواهید، ملاقات کننده پرشور نداشته باشید، مثل بچه آدم بخوابید، نخورید، نخواهید، ناله نکنید چون همان‌ها که گفتم جد و آبایتان را جلو چشم‌تان می‌آورند که چرا خوردی که بالا بیاوری؟ چرا نمی‌خوری که قوت بگیری؟ چرا آبکی

می‌خوری که بشاشی؟ چرا آب نمی‌خوری تا یبس نشوی؟ چرا دو تا بالش می‌خواهی؟ چرا؟ چرا؟ و همه اینها در حالی است که پرستارها و پزشکان ویزیت کننده به شما هیچ توصیه‌ای نمی‌کنند، شاید خیال‌شان آسوده است که کمک بهیارها هستند!!!

این که می‌گویم در بروجرد سکته نکنید فکر نکنید بروجرد جای بدی است! نه به خدا من خودم بروجردی هستم. بروجرد شهر مهربانی‌هاست. مردمی با خلق و خوی ویژه دارد که به خصوص با آداب و رسوم قوم لر آمیخته شده است. قومی که حرکت‌های سنتی آنها ناشی از همبستگی شدید است. یعنی اگر کسی از طایفه و ایل‌شان سکته کند تماما موظف به حضور در سی‌سی‌یو هستند وگرنه واویلا... بدین خاطر وانت وانت برای ابراز همدردی بالای سر مریض خود جمع می‌شوند و همه بر خود واجب می‌دانند که حضور خود را به سکته‌ای عزیزشان اعلام کنند. انتظار نداشته باشید رئیس بیمارستان -که سهل است-، کادر محترم پرستاری هم بتوانند با این سیل عظیم همبستگی قومی مخالفت کنند. بندگان خدا پشت میزها سنگر می‌گیرند و یک‌ریز با هم حرف می‌زنند تا سر و صدای مهاجمان را بتوانند تحمل کنند و در این میان به کسی مربوط نیست که یک سکته‌ای آرام که تنها گناهش سکته در بروجرد است دارد پشت پرده‌های کرمی رنگ، کبود می‌شود. شانس بیاورد دقایقی پس از سپری شدن حمله تمام بخش باگلاب معطر می‌شود که مخلوط با بوی پا و بدن، آه از نهاد هر چه گلاب است در می‌آید. سپس بیمارستان با شلنگ آبی به قطر ۵ سانتیمتر و فشار نمی‌دانم چقدر بر ثانیه شسته می‌شود که آه از نهاد هر تهرانی در می‌آید و حسادت‌اش تحریک می‌شود از این همه اسراف در مصرف آب. اما اگر اموالتان روی زمین بود و با آب رفت تقصیر خودتان است که در بروجرد سکته کرده‌اید.

در خاتمه اگر بخت و اقبالتان آنقدر بلند نبود و خواستید در بروجرد سکته

کنید، دعا کنید که:

-جوی پر لجن جلو بیمارستان لایروبی شود.

-گربه مرده جلو بیمارستان که اولین تذکر مبادا در بروجرد سکته کنید را گوشزد می‌کند، برداشته شود.

-نان خشک‌هایی که سراسر کپک است و اندازه تپه‌ی زیبای چغا سرخ ارتفاع دارد از پشت پنجره سی‌سی‌یو جمع شود.

-رژیم تکراری تکراری پلومرغ با پوست و روغن در بخش سی‌سی‌یو تغییر کند.

-لولای در ورودی سی‌سی‌یو و کمدها و کشوها روغن‌کاری و رگلاژ شود تا شبی یک بار یکی از کشوها با اثاثه کف اتاق نیفتد و سکته‌ای‌های عزیز را مجددا نسکتاند.

-لگن‌های سی‌سی‌یو دو تا شود تا استرس اجابت مزاج گریبان‌گیر سکته‌ای‌های عزیز نشود.

-به خدمه آموزش راندن صندلی چرخ‌دار داده شود تا پای مریض بین صندلی و زمین نشکند.

-صندلی‌های چرخ‌دار تعمیر شود تا ترمزهای‌شان کار کند و مریض‌ها یک مرتبه به عقب پرتاب نشوند.

-سوزن‌های آلوده با سایر آشغال‌ها در یکجا جمع نشود.

-بیمارستان صاحب یک میز اطلاعات شود تا مراجعان به دنبال یافتن مریض خود از راحله سلطان که در گوشه دنجی از حیاط بیمارستان مشغول فراهم کردن مقدمات سکته خودش است، استمداد نجویند.

-الهی! مؤمن آینه مؤمن است، زنگار نگیرد.

آمین یا رب العالمین

(چاپ در روزنامه انتخاب - دوشنبه ۱۹ آذر ۱۳۸۰)

نامه‌ی راحله سلطان به رزا

رزای عزیزم را احوالپرسم.

اگر از احوالات ما خواسته باشی، ملالی نیست جز فراق حقوقی که امید است وصالش در رسد.

خواهر جان!

عرض کنم خدمتت که در سال گذشته، الحمدالله قسر در رفتم چون شوهرم نمی‌خواست طلاق‌ام بدهد مسائل دادگاه‌ها را حس نکردم و چون به حول و قوه‌ی الهی مرد خوبی است امسال هم نفهمیدم اگر بد بود چه به سرم می‌آمد -زبانم لال- (یادم باشد اسپند دود کنم). دو بچه زاییدم

-ماشاالله-که از سر شانس و اقبالم یکیش پسر، خطر هوو را از سرم پراند. چون به هر صورتی بود بزرگشان کرده‌ام، از مسائل حضانت هم واهمه ندارم. صدقه سر هر چی مسلمان چون این آب باریکه‌ی کارمندی هست نفقه، زیاد فشار نمی‌آوردکه دستم را برای پول حمام دراز کنم. هی خواهر...

امسال هم با اجازه‌ی آقامون -با همدیگر البته- مسافرت رفتیم واسه‌ی همین هم نفهمیدم اگر تنها بودم به هتل راهم می‌دادند یا نه؟ اعظم می‌گوید عصر حجر بهتر بود، نمی‌دانم والله.

ای قربان بچه‌هام بروم که زود بزرگ شدند و نگذاشتند بفهمم که نمی‌توانم از شکمم ببرم و برایشان توی بانک حساب باز کنم، هر جور بود این کلاه آن کلاه کردم و تیکه طلایی خریدم تا حفظ آبروی حاج آقامون به موقع بدم دستشان. صد هزار مرتبه شکر!

از اختر خانم پرسیده بودی؟ همین پیش پای نامه‌ات داشت می‌گفت تا سال دیگرکه گذرنامه‌اش باید عوض بشود و اجازه‌ی خروج از آقاشون بخواهد خدا بزرگ است، مکری می‌کند!!

بگذریم خواهر به خاطرگزینش دانشگاه بچه‌ها خیلی اخلاق اسلامی‌ام بهتر شده، سال دیگر اعظم هم می‌رود دانشگاه راحت می‌شوم.

خواهر جان الهی صدقه سر هر چی مسلمان، اعظم من هم سفید بخت شود چون من که پول آنچنانی ندارم مثل دختر همسایه‌مان او را خارج بفرستم بورس و نمی‌دانم چی چی هم اگر نصیبش شود باباش اجازه نمی‌دهد شوهر هم کند خدا عالم است بگذارد یا نه؟

راستی چون حفظ جان از واجبات است، هی کلمات را سبک و سنگین می‌کنم و در چرخه‌ی مصلحت می‌چرخانم‌ها! چون آقامون اولین مدعی العموممان است -خدا حفظش کند- ما را از تبعات... زیادی خوردن منع می‌کند. الحمدلله بچه‌ی آدمم و ادب از بی‌ادبان یاد می‌گیرم ده جا دعوتم می‌کنند پشت چشم نازک می‌کنم و می‌گویم: وقت ندارم! لذا سرم روی تنم

است. هر وقت هم می‌خواهد زیادی کند یاد خواهرانمان می‌افتم که بد جوری گیر افتاده‌اند -که الحمدلله از این لحاظ با برادرانمان فرقی ندارند- آره خواهر وقت سر دادن، زن و مردی حساب نیست! وقت‌های دیگر، زنی گفته‌اند مردی گفته‌اند!!

ناراحت نباش خواهر جان، عمر گذر است چشم بر هم بزنی جزو تاریخ شده‌ایم و کسی باکش نیست صد سال دیگر هم بگویند زن‌های ایرانی ال و بل.

راستی خواهر، همچی که کسی نفهمد آدرس یک وکیل خوب را برایم بنویس! خواهر رمزی بنویس، بدبختم نکنی‌ها!

تا سال دیگر، خدا بزرگ است. خواهر اگر این خدا را نداشتیم که دیگر خیلی خیلی بدبخت بودیم.

فدایت راحله سلطان

(چاپ در مجله‌ی زنان - شماره‌ی ۷۳ - اسفند ۱۳۷۹)

رساله‌ی راحله سلطان به مجله‌ی زنان
درشکایت از نرسیدن مجله

این رساله را ازکلبه‌ی عنا و زاویه‌ی غم که می‌گویند دل است، می‌فرستم. به شیوه‌ی مخلصان که همانا از آن فوجم این نامه را می‌نویسم و شکر که شکر باری عزاسمه واجب که بسیار بد باشد از بدً بدتر و چه توان کرد که چیره دستی روزگار رنگ‌آمیز به خونِ دل بر رخ بی‌رنگ من طرح‌زده و سینه‌ام راکه بیت الحرم نشاط بود بیت الاحزان اندوه ساخته تاکی شود که داعی اجل لبیک زند و عمره‌ی عمر را درنوردد و از این بادیه‌ی پرآفت به دارالسلام سلامت رسم. چه نالم ازگردون دون که چگونه، چون مرا بسته‌ی مطالعه‌ی مطبوعات دید، میدانْ مداخل تنگ ساخت و در شکستن جیش

امید منِ شکسته دل تعبیه‌های عجب ساخت و فراقِ بخش اشتراک را بروجهِ طلیعه فرستاد و تن خسته‌ی شکستهً بسته در اندیشه، سر فرو برده که: چه باید کرد با گردون بدین لشکر که من دارم؟

باری، ضرورت حال به حدی رسیده و حیرت به نهایتی انجامیده که چشمِ آرزو در طلب هم نفسی که آخرً یک نفس دلداری کند بر باب خیال نیز بسته گشته است. نمی‌خواهم در شکایت نکایت روزگار که به روی دلم محنت‌ها آورده است و با من مسکین معاملت‌ها کرده، لب گشاده گردانم و نمی‌خواهم حکایت حوادث ایام که چون قطرات باران نیسانی و خطرات خطوات انسانی که هریکی را سر اندر دُم دیگر است سر باز کنم و همان بهتر که آن وزین مجله که زندگانی‌اش دراز باد نیز به استکشاف آن، خاطرً رنجه ندارد تا رنجوزْ دل نشود اما با این همه، دل قرار نمی‌گیرد و پای و دست چندان به کار مرقوم نمودن نمی‌رود.

عمده‌ی استظهار و ماده‌ی افتخار من مجله‌ای بی‌غرض و سردبیر و مدیر مسئولی بی‌ریاست که در مهمات مغلق، مفتاح مصلحتِ هدایت او را شناختمی و در حوادث مظلم، مصباح ازرأی روشن او ساختمی و ارتقای مدارج مهتری که بی‌تحمل میسر نشود و ممکن نگردد به استظهار همت بلند و مدد بلیغ او پیش رفتمی.

اماچه شود که با کمال پیش‌بینی و دوراندیشی و امعان نظر در عواقب امور از این دقیقه، غافل ماندم و به اعتماد گرمای پست و بخش اشتراک نشستم و مسلم از حرارت آفتاب زنان غافل ماندم.

حاصل‌الامر، بعد از آن که فرمان لازم الاتباع به اظهار وجود این کهتر صادر گشت، قضای مبرم که مرغ را از اوج هوا پروازکنان به سوی دام آورد و ماهی را از قعر دریا، دندان کنان به ساحل فنا اندازد، مرا از مأمن سکوت به معرض بروز راند. هرچند روزها شد که چون مرغ، سر به آسمان لا، لا کشیدم ولی از دست رزا، روی خلاص نیافتم و او عقال محبت بر پای من نهاد.

و من حال همه شب به اندیشه، دامن در دامن و دست به آستین بی‌قراری، پیراهن کوتاهْ بالای انتظار را چاک می‌زنم تا شود که آفتاب نور بخش زنان سر از گریبان دکه بر زند و نقاب ظلام از رخ مرقومه‌ام مرتفع سازد.

اما در قلق و اضطرابم که ماه‌ها خواهد گذشت و من در این ورطه‌ی هایل و سهمگین و تنگ و تاریک، شب از روز نخواهم دانست و در انتظار رسیدن عروس زنان به حجله‌ی چشمان خود، روی به راه نامه‌رسان خواهم داشت تا پس از پیمودن طول و عرض منطقه پستی ۱۴ -این بقعه‌ی بارک الله فی طولها و عرضها-، لفظ مبارک آن دوست شنیده آید:

که زنان دگر بار درآمد، سلطان!

و خاطر حقیر بر وجه آن، ترنم گیرد.

راست می‌باید گفت که تا شعبده‌ی روزگار بوالعجب از دیدار زنان چشمً بندم کرده است، نظرم به هیچ مراد دل نیفتاده است و تا عکس طبیعی سپهر آینه فام صورت طرح‌های زیبای روی جلد آن را بر من محجوب گردانیده است چشم من به دیدن هیچ هنری شاد نشده است و پس از این نیز برای رؤیت صورت این نامه، دل که داغ زیارت دوستان دارد صوفی‌وار خرقه‌ی صبر خواهد پوشید.

آری، فراق دوستان یگانه و جدایی یاران قدیم، پیش آهنگ محنت‌هاست. اگر از جفای روزگار چنان که رسم است ناکامی‌ایی روی نماید به روی دوستانه‌ی زنان، آن غم بتوان گشاد و به معونت ایشان از آن به ساحل انتشار افکار رسید.

چشم دارم که درین مدت غیبت و ایام محنت که نویسنده از حضرت نشریه دور می‌گردد درتقدیم آن چه به صلاح او پیوندد تاخیر نورزد و علی‌الخصوص بی‌اغلاط فاحش زیور بندد.

زندگانی، در ناز و نعیم دراز باد ودست نوایب از ساحت کریم، کوتاه ومهمات دین و دولت مکفی.

بجوده و نعمه.

۱٤ صفر مطابق ۲۷ فروردین
راحله سلطان

(چاپ در مجله‌ی زنان – سال دوازدهم – شماره‌ی ۱۰۰ – خرداد ۱۳۸۲)

تئاتر خانوادگی

آقا مرتضی وارد می‌شود. یک دانه نان سنگک در دست دارد. از همان دم در آپارتمان داد می‌زند:

– اوهوی، کجایی؟

(راحله سلطان در حالی که دست‌هایش را با یک رخت چرک خشک می‌کند از حمام بیرون می‌آید.)

– سلام!

- بیا اینو از دسم بگیر. مُردم توی صف!
- بذار تو آشپزخونه مگه نمی‌بینی دستم بنده.
- خوب دُم درآورده‌ای‌ها... فمینیسست شدی؟
- چی چی شدم؟ خدا رحم کنه امروز باز با کی دعوا کردی؟
- با کسی دعوام نشده ولی بعد چن سال می‌خوام میخمو بکوبم.
- آقا شما که رل و پلاکتان خدا ساله که وصله.
- مزه ننداز! یه زن با شوهرش این طور حرف نمی‌زنه.
- بیا بشین تا برات یه چایی بریزم. بگو ببینم چی شده...

(آقا مرتضی که روی مبل دم در ولو شده چای را با بد اخمی می‌گیرد.)

-من تازه فهمیده‌ام که ما زن و مردی‌مون ایراد داره.
- من که تو رو همه جوره به مردی قبول دارم.
- نه! امروز رفقا توی پارک می‌گفتن که مردی گفتن زنی گفتن. تو از امروز باید زن بشی، فهمیدی زن!
- چشمم روشن یعنی بعد از این همه سال امروز فهمیدی که من زن نیستم؟ با یه مرد وصلت کردی؟
- آره،آره... سطل آشغال رو که دم در می‌بری؛ پستچی می‌آد می‌ری نامه‌ها رو می‌گیری. کولر آب نمی‌کشه می‌ری روی پشت بوم آب کولر رو راه می‌ندازی؛ سیم اطو در می‌آد درست می‌کنی؛ هر چی خریده که تو می‌کنی؛ فیش آب و برق و کوفت و زهر مار رو که به بانک می‌بری؛ دعوای دختر و دامادت رو که فیصله می‌دی. خب بگو مردی دیگه. پس مردی به چیه؟

(راحله سلطان می‌زند زیر گریه و های‌های او اوج می‌گیرد.)

- یه کم یواش همسایه‌ها می‌فهمن.
- بفهمن زن باید گریه کند یا نه؟
- بکن اما یواش.

(بعد از چند دقیقه اوضاع کمی آرام می‌شود.)

- راحله سلطان از آقا جونت یه کم پول قرض کن، موتور ماشینم بد جوری اذیت می‌کنه.
- مرد خونه‌ای خودت در بیار و خرج کن.
- می‌گیری یا نه؟ می‌گیری یا نه؟
- یواش، داد نزن! همسایه‌ها می‌فهمن.
- مرد باید داد بزنه.
- آره اما یواش.
- حرفا می‌زنی‌ها، چطور می‌شه یواش داد زد.
- همون طور که می‌شه یواش گریه کرد.

چی چی ایسم

- راحله سلطان خانوم بیا بشین یک کمی حرفای زنونه بزنیم.

- نه ننه، بده! بیا حرفای مردونه بزنیم که خوبه.

- آخه ما که مرد نیستیم.

- وا! چه حرفا. دو شکم شیر نر زاییدی چیزی نباس نصیبت بشه؟

- شیر ماده زاییدم ده بار بهتر از نرش.

- وای امان از دختر! همه‌ش گوشت ریزه و ترس. اون از شوهر دادنش؛ اون از زاییدنش، اما پسر، تاج سر مادر، قوت زانو، نون آور، عصای پیری.

- بعله! عروس آور، آینه دق آور!

- می‌خوای این یه دلخوشی رو هم ازم بگیری، ورپریده؟

- من که حرفی نزدم، از عروست می‌ترسی؟

- نه بابا با اون بیچاره چیکار دارم. اما همین که می‌گن زن، چار ستون بدنم می‌آد به لرزه. همه‌ش مصیبته.

- خب ما باید جلو بدبختی رو بگیریم.

- حالیت نیس که هوا پسه؟

- کی گفته ننه...

- من که زن خونه‌ام، حالیمه، تو که چند سال سواد داری کارت تلفنت کجه. می‌گن یاغی شدی، سرکشی کردی. از من گیس سفید بشنو.

- راحله سلطان خانوم، سفیدن یا «های لایت» کردی؟

- خوبه حرف نزن! به شما جوونا نمی‌شه رو داد! محض اطلاعت «لو لایته»

- آخه پس بگو با زن بودنم چیکار کنم؟ با کمبودهام، با خواسته‌هام، هر چی انکارش می‌کنم باز از یه جایی نیش می‌زنه، سرکشی می‌کنه.

- ننه می‌دونی سرکشی یعنی چه؟ تاریخ که نمی‌دونین. سر متهم رو می‌ذاشتن لب باغچه گوش تا گوش ببرن، خب می‌ترسیده سرش رو می‌کشیده، شلاقش می‌زدن که پدر سوخته سرکشی هم می‌کنی؟ تو همین دوره قجر.

- خدا ریشه‌شون رو بکنه.

- کجای کاری دختر، هم ریشه اونا رو کند، هم بعدیاشو... اصل حرفت رو بزن، غذام سوخت.

- راستش هی ازم می‌پرسن فمینیستی یا نه؟ اگه بگم آره، یک عده برام می‌زنن؛ اگه بگم نه، می‌شه حکایت کوسه و ریش پهن.

- این چی چی ایست که گفتی، یعنی چه؟

- هیچی والله یعنی منم انسانم، حقم رو می‌خوام.

- حقوق می‌خوای واسه چی، ننه! مظلوم بودن هم خودش صفایی داره. آهی بکش، سینه‌ای بزن، نفرینی بکن! چوب خدا صدا نداره.

– ننه هرکه نفرین می‌کنه یعنی ضعیفه.

– آخه تو که اگه دماغت رو بگیرن جونت در می‌ره مگه مجبوری چی چی ایست بشی، ضعیفه؟ حالا این حقوکی باید بده؟ شوهرت، آقاجونت، حکومت؟

– والله هر تیکه‌اش رو یکی باید بده. اون که خدا داده، بنده خدا نمی‌ده، اون که بابام شرط گذاشته بود چون ثبت نکردیم شوهره از زیرش در می‌ره. موندم سرگردون که از کی بنالم. جرأت حرف از آخری رو هم ندارم.

– خوبه، خوبه، سرم رفت همه‌اش که یک جا نمی‌شه، یکی یکی.

– عمرم تموم شد. می‌رم سرگذر آخرش داد و هوار می‌کنم، ها!

– خاک عالم به سرم تا بهت بگن سلیطه دمامه هوچی. آبرو ریزی نکن! دستی که حاکم ببره خون نداره. تو که تنها نیستی.

– ننه شما هم که معلوم نیست طرف کی هستی، نکنه خریده باشن‌ات؟

– پاشو ... پام درد می‌کنه، ببین مث لجن سیا ه شده. خریدنم؟ یک ماهه نمی‌ذاره برم خونه حاج آقام سر بزنم. تا می‌آم یه ذره غر بزنم می‌گه چیزی که زیاده زن می‌رم یه ترگل ورگل می‌گیرم. می‌گم روپوش خوب بخر تو درو همسایه آبرو دارم. می‌گه چند سال پیش برات خریدم. می‌گم پسر برادرم جوون مقبولیه بذار عزت رو بهش بدیم، همو می‌خوان. می‌گه نه، من باید بپسندم، امضا نمی‌کنم. می‌گم محترم خیلی با استعداده بذار درسش رو ادامه بده، بره دانشگاه. می‌گه مخ زیادی برا زن خوب نیست. گفتم آخرش از دستت می‌رم امام رضا مجاور می‌شم گفت جرأت داری پاتو بذار بیرون، تا قلمش کنم.

– خاک عالم! راحله سلطان شما هم چی چی ایست بودی ما خبر نداشتیم؟

– نعوذبالله!

ماکیاول کیه؟

- خدا مرگم بده ماهرخ خانوم، چرا هراسونی؟
- وای راحله سلطان مُردم از خستگی.
- پیاده اومدی؟
- نه! از بس در زدم خسته شدم.
- وا! من که خودم دم در بودم.
- نه خونه شما. رفته بودم یه جلسه. در بسته بود. هی در زدیم، هی در زدیم.
- خوب حکما باید دق الباب مردونه رو می‌زدین.

- نه بابا زنگ می‌زدیم در هم می‌زدیم.
- حتما خونه نبودن.
- خونه چیه؟ جلسه بود همه مردم مونده بودن پشت در. والله نمی‌دونیم دیگه چیکار کنیم. تو خیابون قدغنه؛ تو پارک قدغنه؛ حالا توی سالن هم قدغنه.
- ننه لابد حکومت نظامیه.
- وای راحله سلطان خانوم شما هم که تو زمان رضاخان موندین. مجوز داشتیم و درو باز نکردن.
- ئی از نوع جدیدشه مادر. شما هرچی رو به راه بدش می‌گیرین حکماً داشتن آهنگ می‌ساختن صدا رو نشنیدن.
- چه آهنگی؟ چه کشکی؟
- نشنیدی: اگه ماه از آسمون پایین بیاد در بزنه چون تو مهمون منی درو وا نمی‌کنم.
- راحله خانم ما مهمون اون‌ها بودیم که پشت در مونده بودیم.
- نه مادر شما نبودین، از ما بهترون قبلا دعوت داشتن. خدا رحمت کنه رفتگان شما رو، ننه‌م و دوستاش دائم تو شابدالعظیم بست می‌نشستن. برین بست بشینین.
- آخه این کارا مال صد سال پیش بود، زمان مشروطه.
- اووه مگه صدسال چقده، چند ساله؟ پیش گربه بذاری قهر می‌کنه.
- واقعا که شما هم مارو گرفتین.
- پاشو! پاشو غصه نخور. جلسه بعدی رو بذارین خونه‌ی من. به کسی هم نگین.
- این راه هم که مال همون وقتاس.
- مشکل شما جوونا اینه که پند پیرا رو گوش نمی‌کنین. راستی ننه می‌دونی ماکیاول کی بود؟

مصاحبه با راحله سلطان

- خانم راحله سلطان شما که زیاد به خارج سفر می‌کنید نظرتان راجع بع مرگ مؤلف و مرگ مخاطب چیست؟

- والله پسرم من که خارج نمی‌روم ببینم دیگران چه می‌گویند، می‌روم ببینم چطور زندگی می‌کنند که به این حرف‌ها می‌رسند. اما تا یادم نرفته منظورت از «بع» که گفتی چیست؟

- نه! منظورم «به» بود، نه «بع»!

- خوب شد توضیح دادی وگرنه فکر می‌کردم منظورت چند صدایی کردن مصاحبه بود، ننه جان!

- ببینید راحله سلطان خانم من پسر شما نیستم. حرفتان را پس بگیرید وگرنه ممکن است خدای نکرده فکر کنم می‌خواهید وارد بحث پیشامدرن و مقوله اقتدار کلاسیک شوید. این روایتِ بزرگِ زیاد جوان دیدن ما و عالم دیدن خودتان.

- نه آقا! من فقط از روی تساهل این را گفتم وگرنه خدا بیامرزد پدرتان را!! اما تو هم خیلی سخت می‌گیری‌ها! آمده‌ای مفت مفت زیر زبان مرا بکشی بزنی تو روزنانه‌ات تازه دعوا هم داری؟ فکر نکن که هر چه فرمایش کنی زیر گیسی رد می‌کنم‌ها؟

- ببخشید! برگردیم سر مرگ مؤلف و مخاطب!

- ببین آقا اگر درست تفهیم اتهام نکنی من از کجا بفهمم که کی مرده و کی نمرده. شاید خواستی مرگ یکی را به تریج مانتوی من ببندی.

- سرکار خانم تریج نیست و طراز است.

- چطور شد؟ دوست دارم بگویم تریج... گویش خاص به من تفرد می‌بخشد. نمی‌خواهی برو بمیر!

- مؤدب بودن بد هم نیست خانم!

- نه آقا خواستم عملا معنی مرگ مخاطب را یادتان بدهم. در ضمن حرفم را هم چند صدایی کرده باشم. کجا بودیم؟

- مرگ مؤلف.

- خب خدا رحمت کند همه مولف‌های مرده را. وقتی که زنده بودند دل آدم وا می‌شد از نوشتارشان ننه! ببخش ننه‌اش را خط بزن مادر! خیلی فئودالی بود. هر چی که می‌گفتند قانون بود حسابت با آنها و خودت روشن بود. یا به راهشان می‌رفتی یا نه کتابشان را پرت می‌کردی. حالا نمی‌دانی چه کار کنی این کتاب‌ها را؟ اول فکر می‌کنی وای خدا عقلت ضایع شده، چشمت از سو افتاده، خسته‌ای که نمی‌فهمی. آن‌وقت می‌گویی وای خدا مرگم بده دیدی جوان‌مرگ شدم! این می‌شود مرگ مخاطب. بعد دوباره

از سر می‌خوانی. زیر آن‌جا که می‌فهمی می‌خواهی خط بکشی، می‌بینی مداد خشک شد تو دستت. از بزرگترت می‌پرسی. او هم می‌گوید «وای خدا مرگت بده راحله سلطان این هم شد سوال؟» این را هم می‌گویند چی؟ می‌گویند، مرگ مخاطب.

دنبال حلوای ختم‌ات راه می‌افتی که به خودت می‌گویی: میسیز راحله دنیا رو به پیشرفت است. از یک جوان بپرس! آن‌وقت راه می‌افتی دنبال یک جوان. والله که پیدا نمی‌شود، همه پیر طریقت هستند مادر! هرکسی یک چیزی می‌گوید. گیج گیج می‌شوی! آن‌وقت می‌گویی ای خدا مرگت بدهد مؤلف! آن‌وقت تازه می‌فهمی که مؤلف مرده!

به خودت می‌گویی ای بابا! نه ببخشید ای ماما! حالا بهتر شد! دوره پوست مدرنه صدای زنانه بیاید بهتر است.

– پست‌مدرن.

– دِهَه! پس اسکناس‌هایی که خرج لیفتینگ کردم چی می‌شود؟ پوستم جوان شده، شناسنامه را هم کاریش می‌کنم. صغر سن می‌گیرم و آخیش چی می‌شه!! اصلا چرا هی به من گیر می‌دهی فکر کردی من هم دهه شستی هستم؟

– شصت.

– نخیر منظورم همان اوکی به زبان فارسی است. چرا در متن من دخالت نمی‌کنی خودت برداری شصت؟ می‌خواهی بمیری خوب برو بمیر با من چکار داری؟ فکر کردی فرا متن را من برای خودم ساخته‌ام؟ حرف می‌زنم هلو... جای تأویل دارد بچه...

– ادب بد نیست‌ها؟

– ادب به این‌جا چه ربطی دارد؟ می‌خواستم بگویم به چه ساز شما حرکات موزون کنم؟ سن و سالت هفتادی‌ست اما دهه هشتادی با من تعامل می‌کنی؟ فرهیخته نیستی، پست‌مدرن واقعی نیستی، گند بزند به

این همه پریشان‌گویی دریدایی، نوبر است والله! حداقل فوکو باش!

- این‌ها چه ربطی به مصاحبه من با شما دارد؟ کشتید مراف!

- برچسب نزن! جیمزباند یادت هست؟ یک تفنگ داشت که آنتاگونیست ازدستش می‌گرفت و می‌خواست او را بکشد که خودش کشته می‌شد.

- خب؟

- چه نکن بهرکسی، اول خودت دوم من!

- شماکه همه چیز را مصادره به مطلوب می‌کنید! انانیت دارید!

- قبول کردم با شما به یک چاه بیایم شد انانیت؟ هنوز نفهمیده‌ای که موجودیت تو درگرو موجودیت من است؟ پدر سالار در لباس ژورنالیست! تک انگار!

- تا حالاکه پسرتان بودم و...

- خب مادرجان من هم چندوجهی هستم دیگر! در دل شما به هر حیله رهی باید کرد. هرچی تو زیرک‌تر باشی بد و بی‌راه من کمرنگ‌تر می‌شود.

- یعنی محل نگذارم!

- آره ببم! بیا کمی هم رو در روی خرد بایستیم.

- ببخشید ها! شما نسوان که قرن‌هاست می‌گویند ایستاده‌اید...

- ای خدا بیامرزد شیری که پدرت را خورد می‌بینی ما قرن‌هاست پس مدرنیم و شما قبول نمی‌کنید. اما عزیز مادر! خرد ورزیدن با جماعتی که یک تاریخ است نبخردانه با ما زنان تعامل کرده‌اند چه معنا دارد؟ جوابِ «های» می‌خواستی چه باشد؟ می‌زنی می‌خواهی جیغ نکشم؟ صدامو می‌بری می‌خواهی دست و پا نزنم؟ پا جلو پام می‌گیری می‌خواهی سکندری نرم؟ خلایق هر چی لایق. بروکه حسابی حوصله‌ام را سر بردی.

وای چقدر لفظ قلم فرمودیم!!

شاعری راحله سلطان

آره خواهر، من هر موقع که می‌خوام شعر بگم مث اینه که می‌خوام بزام. یعنی از این‌جا شروع می‌شه:

تو رختخواب، ذهنم برقی می‌زنه و نطفه‌ی یه فکر، یه خیال بسته می‌شه و درد سرهای همه‌ی ماها شروع می‌شه؛ منظورم از همه‌ی ماها، من و شوهرمو و دو دخترمه.

وقتی این فکر تو تنم یواش یواش بزرگ می‌شه، ویار کتاب می‌کنم و کاغذ. کاغذ خط‌دار و کتابای شعر. بد عنق و عصبانی می‌شم و گوشه‌گیر. دوست دارم به یه نقطه زل بزنم. هی دست به سرم می‌کشم. شقیقه‌هامو

می‌مالم. گاهی از اون خوشم می‌آد گاهی فکر می‌کنم بدجوری دست و بالمو بند کرده گاهی وقتا هم تو فکر می‌رم که خوبه؟ بده؟ خوشگله؟ نکنه خوب تربیت نشه؟ نکنه خوب بزرگش نکنم؟

«کاش بختش بلند باشه.»

روزای بعد هی خودمو وزن می‌کنم، دورکمرم رو سانت می‌زنم. لباس تنگ نمی‌پوشم، خیلی حساس می‌شم همه چی بهم فشار می‌آره. فکر می‌کنم خداکنه نیمه‌ی اول سال به دنیا بیاد تا زودتر مدرسه بره.

«ای خدا! نکنه بچه‌م شیش انگشتی بشه... نکنه سرش گنده باشه نکنه یه چشم داشته باشه.»

اون‌وقت زهره ترک می‌شم. گاهی یه تیکه لباس براش می‌خرم.

«پسره؟ چکاره می‌شه؟ دختره؟ خدایا دختر نباشه.»

نه این‌که دختر دوست نداشته باشم‌ها. نه! شوهرکردنش، زایمونش...

«وای ی ی ی»

کم‌کم شیکمم بالا می‌آد. دیگه روم نمی‌شه برم بیرون. هی یه وری می‌افتم و ویارونه می‌خورم. شوهرم می‌گه: «اینقده قره قاطی نخور راحله!»

دیگه حوصله‌ی اونم ندارم. بچه‌ها که دیگه نگو. دائم جیغ می‌زنم: ولم کنین! برین از دور و ورم! خفه شدم...

گاهی سر بچه‌ها رو با کارایی که اگه باردار نبودم اجازه نمی‌دادم، گرم می‌کنم: برین تو حیاط، گوجه کباب کنین، نون بپزین، نیمرو درس کنین اما ولم کنین! مث کرم زدین به استخوونم. برین پیش باباتون!

«ای خدا کدوم قبرستون برم تا ولم کنن»

ماهای آخر نفس برام نمی‌مونه. کارای خونه رو به سختی انجام می‌دم. با یه من شکر نمی‌شه بخورنم.

شبا از شام خبری نیس. هرکه بخواد باید خودش دست بالابزنه. این هر کس هم کسی نیس بجز شوهرم. صبوره، تحمل می‌کنه اما به ویار اعتقادی

نداره: «مگه زنای دیگه هی غرغر می‌کنن و بداخلاقی؟ سرو مروگنده هی می‌زان و خم به ابرو نمی‌آرن. فروغ خانوم، پروین خانوم، سیمین خانوم... اینا مگه نیستن؟»

کسی نیس بهش بگه مگه تو حاملگی اونا یادت می‌آد؟ مگه دیدی که حالا منو با اونا مقایسه می‌کنی؟

«ولش کن بنده‌ی خدا داره کار می‌کنه بذار یه کمی هم پرت بگه.»

راسته که می‌گن زناکه حامله می‌شن شوهراشونم حامله می‌شن. دیگه از برنامه خبری نیس. برا بچه ضرر داره!! دکترا خیلی جدی اینو می‌گن: مادر باید استراحت جسمی و روانی داشته باشه و محیطش باید سراسر لطف و صفا باشه وگرنه بچه‌ش کج وکوله می‌شه و عصبی. مادر باید چیزای خوب خوب ببینه تا بچه‌ش خوشگل در بیاد.

«وقتی حامله نیس چکار کنه که همه‌ش چیزای بدبد می‌بینه. اینا رو بچه دونش تاثیر نداره؟»

دکترگفته اگه بخوام راحت بزام باید پیاده‌روی کنم ولی مگه می‌تونم از جام بلند شم. رحمم افتاده پایین. دکتر می‌گه از سر زاییدنای قبلیه. نمک هم نباس بخورم. پاهام ورم کرده و توکفش نمی‌ره.

صب تا شب دلم می‌خواد بخوابم و فکر کنم. بعضی شبا کابوس می‌بینم که بچه‌م افتاده. خیس عرق از خواب می‌پرم. شوهرم که بیدار می‌شه غر می‌زنه و پشتش رو می‌کنه و می‌گیره می‌خوابه و هی می‌گه: «عجب غلطی کردم!» یادش رفته یه وقتی چقدر می‌نازید به عقایدش برای بچه‌ی زیاد: «خون تازه‌س. آدمو جوون می‌کنه. باید همیشه صدای ونگ بچه از خونه‌مون بیاد.»

اون چه خبر داره از موقع چرخیدن بچه و اومدن سرش تو لگن... یواش یواش پشت آدم تیر می‌کشه. تیره‌ی پشت... اول لکه پیدا می‌شه... لکه علامت پسره.

«وای هر چی می‌خواد باشه سالم باشه آسون بزام»

چند کیلو باشه مهم نیس... اما وزن بچه که کم باشه زن آسون‌تر می‌زاد.

«بزرگ کردنش چی؟ وای خیلی زحمت داره... این‌همه بدبختی کشیدم.»

دل که تیر می‌کشه درست می‌زنه تو ناف.

پریشب بود که دردم گرفت. اولش محل نذاشتم، خوابیدم.

یه درد دیگه زد به جیگرم بلند شدم نشستم.

حساب کردم دیدم بعله دیگه وقتشه.

آهسته بلند شدم اما از تکون پتو شوهرم بیدار شد: «چیه؟»

- هیچی دردم گرفته.

- حالا؟ بگیر بخواب حتما زیاده روی کردی دکتر گفته نوزدهم مرداد حالا پونزدهمه، چار روز مونده. تو عادت داری ماهتو تموم کنی. تنبلی. از تنبلی این دفعه هم معلومه که مادر دختری. دختر هم دیر می‌آد ناز داره بخواب.

گرفت و خوابید.

پا شدم یه کم آب سرد نبات درست کردم خوردم. دست به کمر هی راه رفتم. به ساعت نگاه کردم... دو تا سیگار کشیدم. دوباره تیر زد. فاصله‌ها کمتر شد. درد هی می‌اومد و هی می‌رفت. هی می‌گرفت و هی ول می‌کرد. دونه‌های عرق روی پیشونیم راه می‌کرد و می‌رفت تو چشم. مث این که هزارتا هزارتا مورچه رو کمرم راه افتاده بودن. ساعت روی دیوار خوابش برده بود. همین طور چهار و نیم رو نشون می‌داد. صبح و شب چه روزی نمی‌دونم. دو سانت، چار سانت، شیش سانت...

- به دادم برسین!

دیگه یادم نمی‌آد. فقط سرم گیج رفت، زبونم سنگین شد و همه‌ی صداها از من دور شدن... یه آرامشی توی بدنم پیچید.

بهوش که اومدم دهنم خشک. تشنه... هر چی داد می‌زدم کسی نمی‌شفت.

«منو گذاشتن تا بهوش بیام ولی من بهوشم. سردمه... آب! آب!»

دوباره بیهوش شدم.

صبح که پا شدم انگشتام درد می‌کرد از بس چنگ زده بودم اما حالم بهتر بود بچه‌م به دنیا آمده بود.

آره خواهر! من هر وقت که می‌خوام شعر بگم مث اینه که می‌خوام بزام. دیشب هم یه پسر زاییدم اسمشو گذاشتم: آبادان... خداکنه نبرنش سربازی...

۱۳٦٤/٥/ ۳۱

ساعت چهار ونیم بعداز ظهر

مادر راحله سلطان

مادر من کارمند است. یعنی این که من باید دختر سحرخیزی باشم
و برادرم پسر خوبی. پدرم صبح زود مرا به خانه‌ی مادر بزرگم می‌برد
تا او مرا به مدرسه ببرد و برگرداند. برای این که مدرسه‌ی من ساعت
یازده تعطیل می‌شود و مادرم باید تا ساعت چهار بعدازظهر در اداره
باشد. چون مادرم کارمند است من درس‌هایم را خوب می‌خوانم و در
کلاس دختر با انضباطی هستم. من روپوشم را کثیف نمی‌کنم و مواظبم
مقنعه‌ام گچی نشود.

کتاب‌ها و دفترچه‌هایم را مرتب در کیفم می‌گذارم و مدادم را توی سطل

آشغال می‌تراشم چون مادرم خسته‌تر از آن است که هر شب اتاق را جارو کند.

من برنامه‌های تلویزیون را دوست دارم و با بچه‌های مدرسه‌مان به سینما می‌روم. مادرم خوشحال می‌شود چون او وقت ندارد که با ما به سینما بیاید. او حتا تلویزیون هم نگاه نمی‌کند چون کار دارد.

من با مادربزرگ وگاهی با دایی یا خاله‌ام به پارک می‌روم چون مادرم وقتی که از اداره می‌آید تا بیاید کارهایش را بکند هوا تاریک شده است.

مادر من کارمند است و این معنایش این است که همیشه می‌دود و همیشه نگران است. مادرم می‌گوید احساس گناه می‌کند. من نمی‌دانم احساس گناه یعنی چه؟ شاید مثل وقتی است که من نمره‌ی بیست نمی‌گیرم. مادرم می‌گوید مادر خوبی نیست ولی من فکر می‌کنم او خیلی خوب است چون همیشه مرا محکم بغل می‌کند و می‌بوسد و نوازش می‌کند. وقتی سرم زیر بغلش است تا می‌توانم نفس می‌کشم. مادرم یک بویی دارد که مادربزرگم ندارد. خاله‌ام هم همین طور.

مادرم می‌گوید: تو چقدر تند تند بزرگ می‌شوی من که کودکی تو را به یاد نمی‌آورم. چه خوب است که عکس‌های تو را داریم ولی عکس تو جای دست‌های تپل و کف پای گوشتالودت را نمی‌گیرد. غول بچه‌ی من، تو کی بزرگ شدی؟

من نمی‌دانم دخترهای دیگر که مادرشان کارمند نیست به مادرشان چه می‌گویند ولی من اینقدر خوشم می‌آید که غش می‌کنم از خنده. جمعه‌ها مادرم ماکارونی می‌پزد. او می‌داند که ما چقدر این غذا را دوست داریم. مادرم می‌خواهد در این روز به اندازه‌ی بقیه‌ی هفته به ما غذا بدهد. آخرای هفته، همیشه مادرم تصمیم‌های جالب می‌گیرد که کتاب‌هایم را نگاه کند و دفترچه مشق و دیکته‌ام را ببیند. برایم لباس بدوزد و کلاه ببافد و موهایم را کوتاه کند و راجع به معلم و ناظم و دوستانم از من سوال کند. او دلش می‌خواهد گاه‌گاهی با معلم من حرف بزند، در کارهای مدرسه‌ی

من دخالت کند و به انجمن خانه و مدرسه بیاید ولی وقتی که اول هفته می‌رسد من با پدرم به منزل مادر بزرگم می‌روم تا او مرا به مدرسه ببرد. مادرم، برادرم را به مدرسه می‌برد و راه ما ازهم دوراست. مادرم بایدکارت اداره‌اش را زود بزند وگرنه قرمز می‌شود. کارت اداره‌ی مادر من همیشه قرمز است.

او همیشه تند تندکار می‌کند مبادا به کارها نرسد. مادر من لبخندهایش را در اداره تمام می‌کند و سر درد و کمر دردش را من باکیسه‌ی آبجوش و قرص خوب می‌کنم.

مادرم بیشتر وقت‌ها حالش خوب نیست یعنی این که آن‌قدر به حرف دیگران گوش می‌دهد که دیگرگوشش بدهکار سر و صدای بازی من و برادرم نیست. آخر او هم آدم است و یک آدم چهارتاگوش ندارد!

مادر من کارمند است یعنی این که کار می‌کند تا پول دربیاورد و آخرای ماه برای من، اسباب بازی و لباس بخرد. من می‌خواهم به مادرم کمک کنم و به او بگویم خودش با من بازی کند و برایم لباس بدوزد و دیگر پول خرج نکند و ندود چون او همیشه می‌دود ولی پول لباس من و عروسکی که می‌خواهم تندتر می‌دود و من باید تا ماه دیگر صبر کنم.

مادر من کارمند است و این معنایش این است که من باید مؤدب، تمیز و درس‌خوان و خانم باشم. من همیشه همین طور هستم ولی می‌دانم که ازکارمند بودن خوشم نمی‌آید و ازکارت زدن بدم می‌آید.

مادر من کارمند است و این معنایش این است که همه چیز باید مرتب باشد ولی نیست. مهمان‌ها نباید بی‌خبر به خانه‌ی ما بیایند وگرنه مادرم فردا صبح دیرتر به اداره‌اش می‌رسد و آن وقت با آدم‌هایی که با اوکار دارند دعوایش می‌شود.

پدرم هم کارمند است. اداره‌ی او ساعت دو بعدازظهر تعطیل می‌شود ولی هیچوقت سر درد وکمر درد ندارد و نمی‌دود. او مرتب است. هنوز هم

نمی‌داند من کلاس چندم هستم. به من می‌گوید آماده شو تا تو را به دانشگاه ببرم.

او تلویزیون نگاه می‌کند. روزنامه می‌خواند و ماکارونی دوست ندارد و مادرم برای او خورشت قیمه می‌پزد و برایش چای می‌برد. پدرم احساس گناه نمی‌کند ولی از اطو نداشتن لباس‌هایش احساس دعواکردن دارد.

ما در آشپزخانه غذا می‌خوریم و هنوز بشقاب‌مان نصفه است که مادرم غذایش را خورده است و قابلمه‌ها را می‌شوید، چای دم می‌کند، کیسه‌ی زباله را می‌بندد و لباس‌ها را جمع می‌کند و با این همه کارکه دارد یادش نمی‌رود داد بزند: مسواک!

مادرم دندان‌هایش را به ما نشان می‌دهد و می‌گوید اگر مسواک نزنید آدم آهنی می‌شوید. ما می‌خندیم و مسواک می‌زنیم. برادرم می‌گوید آدم آهنی شدن بهتر است.

چون مادرم کارمند است نمی‌داند برادرم کی به خانه برمی‌گردد و نگران است. من شنیدم از همسایه‌مان ساعت برگشتن او را هر روز سؤال می‌کند. من می‌دانم ولی برادرم نمی‌داند. پدرم هم نمی‌داند فقط گاهی می‌گوید: پسر! مدرسه که تعطیل شد باید فوری به خانه برگردی، فهمیدی؟

برادرم می‌فهمد ولی به خاطر حرف‌هایی است که مادرم به او می‌گوید. مادرم می‌گوید: بچه‌ی پدر و مادردار هیچ‌وقت بی‌خودی توی کوچه نمی‌ماند و در خیابان ول نمی‌گردد.

ما به پدرمان احترام می‌گذاریم و سعی می‌کنیم کار بد نکنیم ولی حرف مادر را بیشتر گوش می‌دهیم. مادرم مثل آدم بزرگ‌ها با ما رفتار می‌کند.

مادرم خستگی‌اش را از پدرم پنهان می‌کند چون می‌ترسد پدر دوباره بگوید: خب کار نکن! مگر کوه می‌کنی! چشم من چارتا بیشتر کار می‌کنم. ولی مادرم می‌داند که پدر بیشتر نمی‌تواند کار کند. مادرم النگو دوست دارد. مادرم به امید بازنشستگی کار می‌کند. مادرم ده سال دیگر بازنشسته

می‌شود و می‌تواند با ما به سینما بیاید و در پارک ما را تاب بدهد.من بازنشستگی را دوست دارم.

(چاپ در پیام هاجر - ۱۰آذر۱۳۷۱)

(فرزندسالم - شماره‌ی دو - ص ۱۸)

راحله سلطان خوشبخت می‌شود

راحله هر وقت که گرفتار بی‌پولی می‌شود -که اغلب همینطور است- آرزوی پولدار شدن بیشتر از پیش به جانش می‌افتد. حس می‌کند یک هزار تومانی کف دستش باد می‌کند و هزار هزارتا می‌شود، آن‌قدر زیاد که می‌ترسد «مبادا پول‌هایم را بدزدند». می‌خواهد برود و آن را در بانک بگذارد که رویا تمام می‌شود و فقط خارش کف دست برایش می‌ماند. مادرش می‌گوید «هروقت کف دست کسی بخارد پول گیرش می‌آید».

وقتی که بچه بود رویای پولدارشدن بیشتر دوام می‌آورد و بیشتر کیف داشت. ننه ماه سلطان برای او و برادرهایش تعریف کرده بود «مرغی هست

به نام مرغ سعادت. هرکس جگرش را بخورد هر صبح یک کیسه پر صد تومانی زیر متکایش پیدا می‌کند و اگر کسی سنگدانش را بخورد یک کیسه پر از پنجاه تومانی نصیبش می‌شود.»

به این خاطر او انتظار می‌کشید تا وقتی که خوراک مرغ دارند به جگر مرغ و اگر فرصت شد به سنگدانش دستبرد بزند چون اگر دیر می‌جنبید جگر و سنگدان برای پختن سوپ ریز ریز می‌شد. آن‌ها را پخته نپخته، داغ داغ به دهان می‌انداخت و جویده و نجویده از ترس رسیدن ننه یا مادرش قورت می‌داد. و از پیآمدهای این کارککش هم نمی‌گزید فقط دقیقه شماری می‌کرد تا وقت خواب شود.

صبح به محض بازکردن چشم دستش به زیر متکا می‌رفت تا کیسه‌ها را بردارد اما خبری نبود. اوایل فکر می‌کرد که حتما کسی کیسه‌ها را می‌دزدد. بلند می‌شد و زیر تشک و بالش برادرهایش را جستجو می‌کرد تا دزد را پیدا کند. چند بار هم به خود ننه مشکوک شد. از پیداکردن پول که ناامید می‌شد به ننه غر می‌زد که چرا کیسه پول ظاهر نمی‌شود و جواب ننه هم همیشه این بود «مرغش مرغ سعادت نبود» یا «مرغ نبوده، خروس بوده».

در جست‌وجوهای صبح‌گاهی بی‌نصیب بی‌نصیب هم نمی‌ماند و شیرینی و شکلات و سیب و پرتقال پیدا می‌کرد. برادرها جرأت اعتراض نداشتند. هم از او حساب می‌بردند و هم ماجرای دستبرد زدنشان برملا می‌شد.

رویای پولدار شدن او با عوض شدن ننه‌ها تغییر می‌کرد. ننه گل بهار از خانه‌هایی می‌گفت که توی آن‌ها جن رفت و آمد می‌کرد. جن‌ها پول و طلای خودشان را توی سقف‌های چوبی قایم می‌کردند و اگر جنی از صاحب‌خانه یا مستاجر آن خانه خوشش می‌آمد به او پول می‌داد «جنا بیشتر به زنا رو نشون می‌دن وقتی که زنا تنها هستن جن توی سقف می‌لوله و سر و صدا راه می‌ندازه و می‌پرسه: بیام؟ بیام؟ اگه زنه بترسه و غش کنه یا فرارکنه و هوار بزنه: «بسم الله!» جن فرار می‌کنه ولی اگه نترسه و بگه:

بله! قدم شما روی چشم، تشریف بیاورید، اون‌وقت گوشه سقف وا می‌شه و همین طور اشرفی می‌ریزه پایین.»

راحله عاشق جن شده بود و از این که سقف خانه‌شان از تیرآهن بود غصه می‌خورد «جن اگر جنه تو خونه‌های تیرآهنی هم پیدا می‌شه.»

حمام نزدیک خانه‌شان که می‌گفتند جن دارد از دیگر محل‌های مورد علاقه راحله بود اما حیف که حمام عمومی بود. روزی دل به دریا زد و به دوستش آذر همه چیز را گفت ولی آذر جواب داد که ترجیح می‌دهد به خیابان پهلوی برود و صبر کند تا شاه رد شود و اطرافیانش سکه بریزند و او جمع کند یا به عروسی برود و از زیر صندلی عروس و داماد کلی پول نصیبش شود.

راحله که از این راه پولدار شدن خوشش نیامده بود با آذر قهر کرد: «گدا!»

در روزهای قهر بودن با آذر، نسرین با راحله گرم گرفته بود. بعدازظهرها، دوتایی، صابون‌هایی را که از کنار طشت رخت‌شویی کش رفته بودند لب حوض می‌گذاشتند تا کلاغ‌هایی که از خانه امیر امنه الماس می‌دزدیدند به هوای بردن صابون بیندازند. آن‌قدر در سایه دیوار و درخت آلبالو می‌نشستند تا آفتاب به آن‌جا هم می‌رسید و از کلاغ خبری نمی‌شد. روزهای داغ یک تابستان گاهی در خانه نسرین و گاهی در خانه راحله به انتظار کلاغ‌ها نشستند و این‌قدر خون دماغ شدند که راز آن تابستان برملا شد. همه تا مدت‌ها به این داستان می‌خندیدند:

«راحله جون کلاغا تنبل شدن از بالای خونه‌تون رد نمی‌شن.»

«راحله جون امیر امنه دیگه الماس نداره.»

«راحله جون کلاغا دیگه دزدی نمی‌کنن.»

رفتن به کلاس زبان او را از رویای پیدا کردن پول و سکه و الماس و گنج دور کرد. دیگر با مرغ و کلاغ هم کاری نداشت و دانه‌های تگرگ را هم برای یافتن مروارید جمع نمی‌کرد اما هر وقت از جلو خرابه‌ای یا خانه‌ای قدیمی رد می‌شد با کنجکاوی آن جا را برانداز می‌کرد.

یک روز که از خانه مادربزرگش برمی‌گشت و به خاطر جستجو در صندوق‌خانه تاریک اختر جان سرزنش شده بود و دل و دماغ درست و حسابی نداشت برای این که راهش را نزدیک‌تر کند از خیابانی که به تازگی کشیده بودند رد شد. در دو طرف این خیابان خانه‌هایی قدیمی قرار داشت که قسمتی از اتاق‌ها و حیاط شان تخریب شده بود. خانه‌ای زیبا و پر ابهت نظرش را جلب کرد. از پشت دیوار نیم‌بند کوتاهی که با آجرهای شکسته جلو خانه کشیده بودند سرک کشید و داشت آن‌جا را برانداز می‌کرد که صدای پسری او را از جا پراند:

- اون‌جا چیکار می‌کنی؟

- خونه‌تون خیلی قدیمیه؟

- آره.

- خونه‌تون جن داره؟

- جن؟ نه به خدا جن نداره. تو با جن چیکار داری؟

- جن که ترس نداره ریقو! به آدم اشرفی می‌دن.

- زیرِ زمین کوزه‌های پر طلا هس که راه می‌رن.

- اِهِه مگه کوزه راه می‌ره؟

- آره. اگه حواس آدم جمع باشه و خوب گوش بده صداشونو می‌شنوه. اون‌وقت باید یه میخ طویله بیاره و درست جلوی راهشون بکوبه توی زمین و زودی هم زمینو بکنه و درشون بیاره.

از آن موقع بود که راحله آرام شد. در حیاط و کوچه و خیابان گوشش به صداهای زیر زمین بود. همین کار باعث شد که از اوتعریف کنند. «چه دختری! سر به زیر، آروم.»

یک روز وسط کوچه صدایی شنید. به طرف خانه دوید ولی هر چه گشت میخ طویله پیدا نکرد فقط چند میخ زنگ زده کوچک. به کوچه که برگشت دیگر صدایی نبود. شب از غصه تا جا داشت گریه کرد و صبح

با پلک‌های متورم بیدارشد. بینی‌اش که با شروع بلوغ باد کرده بود هم بزرگ‌تر شده بود.

- گریه کرده‌ای؟

- آره... توی این خونه یه میخ طویله هم نداریم.

- مگه ما طویله داریم، حیوون داریم که میخ طویله داشته باشیم؟ خل شده‌ای؟ دخترای دیگه تو چه فکری هستن، این تو چه فکریه.

مادرش در حالی‌که دور می‌شد غرغر می‌کرد: زیادم بد نیس. تو همین عوالم بمونه بهتره.

از آن‌وقت به این فکر افتاد که دخترهای دیگر در چه فکری هستند و چطوری گنج پیدا می‌کنند. موقع زنگ تفریح مشغول یاد دادن راه‌های گنج‌یابی به مهناز بود که میترا دختر خوش‌لباس کلاس جلو آمد و پرسید: چی می‌گین که این‌همه طول و تفصیل داره؟

- راجب به گنج حرف می‌زنیم.

- گنج دزدای دریایی؟

- نه بابا! دارم به این می‌گم که چطور آدم می‌تونه گنج پیداکنه.

- چرا آدم گنج پیدا کنه، اگه یه شاهزاده آدمو ببینه و عاشقش بشه و عروسی کنن می‌شه یک شاهزاده خانوم و همه گنجا و جواهرات پادشاه هم مال اون می‌شه.

- یه شاهزاده آدمو ببینه؟ کو شاهزاده؟ مگه شاهزاده‌ها ریختن تو کوچه؟

- شاهزاده‌ها مث شاه عباس لباس معمولی می‌پوشن و می‌آن تو کوچه و خیابون تا از کارای مردم باخبر بشن و اگه دختر خوشگلی رو هم دیدن عاشقش می‌شن و باهاش ازدواج می‌کنن. اگه نمی‌دونی بدون، عقل کل! راحله مات و متحیر از کارهای شاهزاده‌ها رفت و سرجایش نشست. از آن روز درس بهداشت فردی و رعایت نظافت برایش مفهومی بجز نمره بیست هم پیدا کرد. مشکل پیدا کردن شاهزاده جای پیدا کردن کوزه‌ها را گرفت.

فکر می‌کرد نکند شاگرد فرش فروش سرکوچه شاهزاده باشد. برای همین هم روزی چند بار از جلو فرش فروشی رد می‌شد. شاهزاده هم برای این که خاک به چشمش نرود با پلک‌های به هم فشرده جارو می‌کرد. به دنبال شاهزاده در کوچه و خیابان همه جا را می‌پایید.

ـ خوب نیست دختر این‌قدر این طرف و آن طرف را نگاه کند، زشت است. مگر دنبال گم‌کرده می‌گردی؟

ـ بعله! دنبال شاهزاده می‌گردم. می‌خوام عاشقم بشه و گنجاشو بده به من.

پدر راحله داد زد:

ـ قدسی! قدسی! بیا ببینم. بابا با این دخترت یه کم حرف بزن. فقط قد دراز کرده، هیچی حالیش نیس. نکنه گول بخوره.

برای این که گول نخورد، مادرش به دوره رویاهای او راجع به شاهزاده‌ها پایان داد.

مدت‌ها گذشت و او بفهمی نفهمی هنوز در رویای گنج بود. دیگر عادتش شده بود که صبح‌ها دستش را زیر بالش کند. شب‌ها طاق‌باز به گوشه اتاق زل بزند تا خوابش ببرد. اوقات تنهایی در حیاط به صداهای زیر زمین گوش بدهد. حتی یک بار هم گردویی را که از منقار کلاغی افتاده بود جای الماس گرفت. ولی شاهزاده از آن مواردی بود که نمی‌شد کاریش کرد. شنیده بود که شاهزاده رویاها با یک شنل بلند سوار اسب سفید یک روز که معلوم نیست چه روزی است می‌آید و معشوقش را بر می‌دارد و می‌برد. اما او به رویا اعتماد نداشت. چطور می‌شود که در میان این همه ماشین اسب شاهزاده رم نکند و شاهزاده را زمین نزند؟ این شاهزاده به دردی نمی‌خورد چراکه نه ماشین داشت و نه کاپشن.

بی دردسرتر از همه راه خودش بود که پول تو جیبی‌اش را پس‌انداز می‌کرد، ساندویچ نمی‌خرید و سینما نمی‌رفت و در عوض بلیت بخت آزمایی

می‌خرید. هفته‌ای یک یا دو بلیت می‌خرید و چهارشنبه‌ها از سر ظهر دلشوره می‌گرفت. بعد از ظهر گوشش را می‌چسباند به رادیو و اعداد را یادداشت می‌کرد و همیشه با یکی دو اختلاف نمی‌برد و فردا روز از نو روزی از نو. در همین دوران بود که با شاهزاده رویاهایش آشنا شد. شاهزاده‌ای که می‌توانست صد تا بلیت بخرد و به شهرهای دیگر هم سفارش بلیت بدهد. شاهزاده بدون اسب ولی با ماشین دوستش و بدون شنل اما با یک کاپشن او را به کاخی رفیع در طبقه پنجم خانه‌ای در پایتخت برد تا در آن‌جا در رویای پیدا کردن گنج با هم شریک شوند. سقف‌های بتونی به رویای جن پایان داد و آپارتمان نشینی به کوزه‌های پادار. تمدن کلاغ‌ها را تا دور دست‌ها فراری داد و نسل شاهان هم منقرض شد ولی مدت‌هاست که راحله صبح‌ها به جای یافتن کیسه صد تومانی از خنکای زیر بالش لذت می‌برد و شوهرش -شاهزاده رویاها- هم همه خواهش‌هایش را به روز چهارشنبه، روز خوشبختی و هفت سین طلا حواله می‌دهد و هر دو می‌خندند به علاقه دخترشان به قوطی‌های شانسی پر و پوچ.

چاپ در «گزیده آثار داستان نویسان لرستان» - حامد احمدی

خاطرات راحله سلطان

(هنوز هم کلاشینکوف استاد محترم ...)

اظهار تمایل آن روزنامه‌ی وزین، برای انتشار خاطره‌ای ادبی از من مثل شلیک کردن توپ در مرداب، جنازه‌ی خاطرات بسیاری را به روی آب آورد. روزهای متمادی در جست‌وجوی خاطره‌ای خوش که دستاورد سال‌ها کار قلمی آشکارم باشد، سپری شد ولی افسوس ...

به هر صورت کمال‌گرایی‌ام را به کناری نهادم و به خودم گفتم که نه اینجا فرانسه است و نه تو «آندره مالرو» و نه دور و بری‌هایت «آندره ژید» و «ژان پل سارتر» و «سیمون دوبوار» و ... پس از خاطره‌ای حرف بزن که به

رغم تلخ بودنش، شاید فایده‌ای داشته باشد. به این خاطر این ماجرا را که بیشتر درد دلی است تا خاطره‌ای ادبی برایتان می‌نویسم:

سال‌ها پیش که تازه مثل جوانه‌ی گندم سر از سکوت میز کارم در آورده بودم و آفتاب اظهار وجودم تابیدن گرفته بود (پس از انتشار دو اثر) با لطف حضرت استادی جناب ن. قزوینی (نام مستعار است) به تحریریه‌ی مجله‌ای دعوت به همکاری شدم و به کسوت تعلیم و تلمذ هم زمان نایل گشتم.

جلسات هفتگی هیئت تحریریه، معدن تجربه بود و با اظهار تمایل به عهده گرفتن سهم بیشتری در انتشار مجله، ویرایش بعضی از مقالات به من واگذار شد از جمله به طوری که کسی نفهمد، ویرایش مقالات آن حضرت، تا روزی که ایشان ملتفت ارزیابی و ویرایش مقالاتشان شدند و طبیعی است که سرنخ به قلم بنده رسید. گله و شکایت و کدورت که: «باید مقالات مرا همان‌گونه که بودند تایید می‌کردید و آبروی مرا نمی‌بردید. من، شما را به اینجا معرفی کرده‌ام و حالا شما برای من می‌زنید؟»

قیافه‌ی من در لحظه‌ی شنیدن این جملات، باور کنید از دیدنی‌ترین مناظر عالم بود. با تمام توان علمی و قلمی‌ام و پاکی نیت، سعی کرده بودم کار ایشان را ویرایش و معرفی کنم تا خدمتی کرده باشم.

غرغر و متلک و بی‌اعتنایی حاصل کار بود اما مقاله آخری ایشان باز هم با ویرایش من به چاپ رسید. در واقع انفجار بیگ بنگ در سال ۱۳۷۶ در دفتر مجله‌ی «س» اتفاق افتاده است و اگر نبود لطف سایر اعضای هیئت تحریریه، سردبیر و قسمت فنی و... که در تأیید من به هیجان آمده بودند اولین اشک مطبوعاتی‌ام را ریخته بودم!!

استاد ارجمند کار را به آن‌جا رساندند که به رابط یکی دیگر از مجلات (آقای ش) که با مجله‌ی ما نیز همکاری داشت و مقاله‌ای از من گرفته بود (که به چاپ رسید) تشر زده بود و گفته بود: «چرا این کار را کرده‌ای؟ این

خانم به اندازه‌ی کافی پر روست، پر رو ترش می‌کنی!»

طی نامه‌ای تاریخی با برشمردن جایگاه علمی و اجتماعی ایشان و نقدی ظریف از اعمال بدشان، سعی بر دلجویی کردم چون باور داشتم که در هر حال، معرف من بوده‌اند.

حاصل؟

در زیر جملات مثبت نامه که خطاب به ایشان بود خط کشیده و با مقداری نفرین و آرزوی تنبه و رفتن به راه راست (درواقع راه زیگزاگ) نامه‌ی در بسته مراکه به منشی مجله داده بودم تا به ایشان بدهد درباز، بازگردانیدند و ماجرا باز هم توسط ایشان علنی‌تر شد.

مسافرت من به اروپا باعث شد که چندین ماه درخدمت دوستان نباشم، زخم رویه گرفته بود که بازگشتم. نصیحت خوب ولی فقط زبانی «ای بابا دنیا محل گذراست، بهتر است با هم خوب باشیم» موجب سلام و احوال‌پرسی مجدد شد و ایشان خانمی از آشنایان جدیدشان را برای حضور در مجالس حافظ خوانی که به طور مرتب در منزلم برگزار می‌کردم (در آغاز با تدریس شادروان دکتر ح. ه) معرفی کردند. به سرکار خانم که تحصیل‌کرده‌ی فرنگ بود و سال‌های سال در ممالک خارجه زندگی کرده بود محبت‌ها کردیم و صمیمیت ایشان به آن حد رسید که تمام مشکلاتش را برای من تعریف می‌کرد و روزی یکی دو ساعت در حالی که دلم مثل سیر و سرکه نگران بچه‌ها و شوهر و کارهای خانه و میزکارم بود به درد دل ایشان در اتومبیل هم شده گوش می‌دادم که متاسفانه بدگویی از آن حضرت استادی بود.

من، چکیده‌ی تجربه‌ام راکه در یک کلمه خلاصه می‌شد یعنی: «دوری» در طبق اخلاص، تقدیم کردم و صد البته از نصیحت‌های خواهرانه در روشن کردن بعضی از فضاهای زندگی ادبی و هنری در ایران دریغ نکردم. و هنوز هم بر آن هستم.

یک هفته‌ی بعد چه اتفاقی افتاد؟

خانم مستفرنگ برای جلب نظر حضرت استادی و اعلام یک‌رنگی با ایشان، فقط نصایح بنده را انتقال دادند و هنوز که هنوز است کلاشینکوف استاد محترم می‌غرد.

خوب دوستان عزیز از این داستان چه نتیجه‌ای می‌گیریم؟

۱- به هیچ دعوت همکاری پاسخ مثبت ندهید مگر در روزنامه‌های کثیرالانتشار چاپ شده باشد.

۲- نقاط ضعف استادان‌تان (شما بخوان معرف‌ها) را تشخیص ندهید.

۳- ویراستار نشوید.

٤- مقاله ننویسد.

۵- امر به معروف نکنید.

٦- در کوزه‌ی خالی نصیحت نکنید.

چنین گفت راحله سلطان.

(چاپ در روزنامه انتخاب - سه شنبه ۲۷ اردی بهشت ۱۳۷۹)

راحله پاشا

- اورکا!
- اورکا!
- چی می‌گی فریاد می‌زنی راحله سلطان! این چیه که می‌گی؟
- هیچی بابا یافتم!
- چیو یافتی؟
- این که چرا این ورپریده‌ها روسریاشونو سرگذر ور می‌دارن.
- وا تو مگه باهاشون حرف زدی؟
- نه ننه. این کار سابقه داره قدیما هم این طوری می‌کردن.

- یعنی حجاب نمی‌خواستن؟

- حجاب مجاب چیه. اگه دل آدم خوش باشه که این نیم‌سیر پارچه رو تحمل می‌کنه اصلا تو چرا تاریخ نمی‌خونی؟ تو زینب پاشا می‌شناسی؟

- اسمشو شنیدم.

- بشین تا برات بگم! بدبختی ما زناکه یکی دوتا نیست. اسم سوفیا لورنو همه بلدن اماکو اسم این شیر زنان؟

- دلم آب شد بگو دیگه.

- زینب پاشا یه زن تبریزی بوده... باباش هم یه روستایی بی‌چیز... توی یکی از این قحطی‌هایی که این از خدا بی‌خبران تو سال نحسی.

- سال نحسی؟

- خب ۱۳ ۱۳ بوده من اینطوری حفظم می‌شه دیگه! این‌قده هم توحرفم نیا اصل مطلب یادم می‌ره. این زینب پاشا خیلی یل بوده وقتی که نون گرون می‌شه خب مردم فقیر چی کنن بیچاره‌ها زینب پاشا چماق می‌کشه و با عده‌ای زن آی ماشالله پدر نونواها و گرون فروشارو درمیاره ستمگر بودن این حکام قاجار خب. زینب پاشا می‌ره در انبارها و هر چی بوده قسمت می‌کنه بین فقرا.

- تنهایی؟

- نه بابا چند تا دوست صمیمی هم داشته: یوزباشی خاور هم بوده، نایب کلثوم، فاطمه نسا... باقیش یادم نیست یادم بیاد می‌گم... زینب پاشا مثل عیارها بوده هر وقت که ظلمی می‌شده درمیومده دخل اونایی رو که بد بودن درمی‌آورده و قایم می‌شده. اینا هم نمی‌دونستن کیو بگیرن... جالب بوده نه؟

- آره

- من که خوشم می‌آد. یه بارم داد زده و گفته شما مردا اگه جرأت ندارین که دست دزدا و غارتگرارو کوتاه کنین چادر ما زنارو سرتون کنین و

بشینین کنج خونه این‌قده هم مرد مرد نکنین ما زنا خودمون جای شـما می‌جنگیم... بعد.

گوش بده، این‌جاشـو گوش بده! روسریشـو درمیاره می‌ندازه طرف مردایی که گوش می‌کردن بعدش می‌ره. آخه وقت حمله به خونه نظام‌العلما که ازون محتکرا بوده چادرشـو برمی‌داره می‌کنه سـر علـم راه می‌افته می‌بینه بیرق فایده نداره چادر کاری نمی‌کنه روسریشـو هـم برمی‌داره. ای وای چه زنایی! می‌گن وقتی که اون لچکشـو پرت می‌کنه بقیـه زن‌ها هـم این کارو می‌کنن. خب اگه قحطی نبود، دزد نبود، محتکر نبود، ظالم نبود امنیت بود، عدالت بود. این زنا داشتن زندگیشـونو می‌کردن خب.

ـ خب؟

ـ خب حالا خودت بفهم! عادت کردی همه چیزو بخیسونم تو دهنم بذارم دهنت قناری بانو.

اَه کو این شال من می‌خوام باش یه کاری بکنم.

اندر حکایات جلسات زنانه

حکایت کند راحله سلطان:

در ایام میان‌سالی چنان که افتد و دانی در مجلس انسی متردد بودم. جمعی از نسوان دارالخلافه تهران به قرائت کتب مختلفه مشغول و مابین آن به صرف شربت و شیرینی مشغول‌تر و چنین متوهم بودند که علامه دهرند و تحفه بر سلیمان علم می‌برند. دوغ و دوشاب به هم بافته نه شاهنامه از دست‌شان در امان و نه حافظ نامه.

مرا چندی با ایشان روزگار گذشت اما حیف بود که عمر گران‌مایه بدین‌سان گذرد و زبان تصحیح و تذکرم خاموش باشد. چندی متحمل بودند

برخی شاکر برخی به ظاهر در حد امتنان. اما به یک باره میزبان که زحمت و تکلف تامین ماکولات و خوردنی‌ها می‌کشید و اشتیاقی وافر به داشتن درباری با شکوه از اناث هر طبقه و طایفه‌ای داشت از بیم از دست دادن مردمان با من سر ناسازگاری گذاشت و باب حیله بازکرد که فلان بانو گوید که صراحت لهجه راحله سلطان زیاده از حد است. در این اثنا فتانه زنی که مجلس ادب را با محفل طرب در هم آمیخته وگاه نکته‌ای بر سبیل تک مضراب می‌افکند از پیدا شدن شترکم سوادی بر بام به قهر ترک مجلس نمود.

روزگارم به سختی بین ماندن و ترک مجلس می‌گذشت که نگهداشتن زبان درکام به وقت دیدن خطا بی‌حد و مر دشوار بود تا وکیله‌ای که گویا تنها او دُر می‌بارد و زبان پارسی دری از مخترعات اوست ابن ملجم مرادی را سرداری ایرانی خواند که در نوزدهم رمضان شیرخدا را نه در سر نماز و از قفا که از روبه‌رو و در پیکاری رو در رو بکشته است در مزگت. سکوت میزبان در خلع این قطامه و اعتراض چند بانوی معتقد فرصت مغتنمی شد جهت ترک این مجلس. فرار بر قرار مرجح دانسته و عطای حضور بر لقای دیدار آن کذابه بخشیده و پس از تذکری نهایی ترک مجلس نمودم. یاران گفتند چرا حجت نیاوری و تاکید نورزی گفتم: چه خوش فرموده است شیخ مصلح الدین سعدی که:

سخن گرچه دلبند و شیرین بود
سزاوار تصدیق و تحسین بود
چه یکبار گفتی مگو باز پس
که حلوا چو یکبار خوردند بس

علم من از پس سمع کر و سیاهی قلب برنیاید و توان شنیدن اباطیل نیز ندارم لذا دیدم بهتر آن ست که پاسخ ندهم و روان خود برداشته و صد گز فاصله گیرم که از ابلهی‌ست دست درگردن کسی کردن که نادان است و کار عقل نیست ستیزه با سبک بار.

و چون در چشم کوته بینان مجلس زر و خاک یکسان بود اگر می‌ماندم تا گریبان در وحل می‌بودم و خلاب.

دیده از دیدار چند خوب برداشتم و سر در گریبان کشیدم و دانستم که چندان که دانا را از نادان نفرت‌ست نادان را نیز از دانا وحشت است.

الله الحمد که دل از کف نرفته بود در طلب این اجتماع و مطمح نظر بودن. و بحمدالله خود به نصیحت خویشتن از این خیال محالِ راهنمایی دیگران تجنب کرده و پا از زنجیر رهانیدم.

و چنین بود سرانجام دوستیِ رنگین که به حول الله سپری گشت. «برِ فرد هشیار دنیا خس است.»

غره اسد سنه ۱۳۹۶